Poemas
de María del Carmen Quiles

Ilustraciones
de Manu Montoya

Poemas de animales

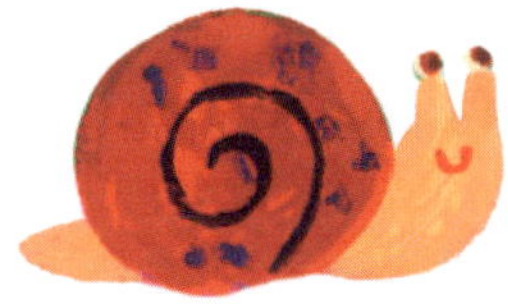

sm

LITERATURA**SM**•COM

Primera edición: julio de 2024

Dirección editorial: Berta Márquez
Edición ejecutiva y coordinación editorial: Teresa Tellechea
Dirección de arte: Lara Peces
Coordinación gráfica: Mireia Rey

Impresores, 2 - Parque Empresarial Prado del Espino
28660 Boadilla del Monte (Madrid)
www.grupo-sm.com

ISBN: 978-84-1182-645-7
Depósito legal: M-7088-2024
Impreso en España / *Printed in Spain*

El papel utilizado para la impresión de este libro está calificado como papel ecológico y procede de bosques gestionados de manera sostenible.

Para Ana María Romero Yebra,
por el regalo de sus versos a tantas
y tantos lectores.

M.C.Q.

EL MONO

¡Mira qué mono es el mono!
¡Mira qué linda monada!
Mira cómo se divierte
saltando de rama en rama.

Le ha perdido su sombrero
a un turista despistado,
y a la niña que pasea
le ha quitado un rico helado.

¡Mira cómo trepa solo!
¡Míralo subido al árbol!
Mira cómo es de travieso
este mono tan salado.

EL KOALA

Unas veces, antifaz.
Otras veces, lleva gafas.
Tiene las orejas grandes
y está su nariz tiznada.

El koala tiene sueño,
trepa al árbol y lo abraza.
Y se queda bien dormido
acunado por las ramas.

EL LORO PARLANCHÍN

Mi vecina tiene un loro
que es la mar de parlanchín.
No me deja concentrarme
cuando lo saca al jardín,

o cuando abre la ventana
o lo acerca hasta el balcón...
¡No se calla ni siquiera
cuando cae un chaparrón!

Lo han vestido de pirata
con su pañuelo y su parche,
y no para de gritarnos:
«¡Id todos al abordaje!

¡Abordaje, abordaje,
id todos al abordaje!».
¡Oiga, por favor, vecina,
diga al loro que se calle!

EL GORRIÓN

Se ha posado en mi ventana
el pequeño gorrión.
Tiene sus plumas marrones
y le brillan bajo el sol.

Abro mi mano y la tiendo.
¡No te asustes, pajarito!
¡Solo quiero que te quedes
toda la tarde conmigo!

EL CAMALEÓN

Anda busca que te busca.
¿Dónde se me habrá escondido?
No hay manera de encontrarlo,
siempre lo tengo perdido.

Le gustan tanto las flores
que se pinta como ellas,
o se viste color verde
a su paso por la hierba.

Puede ser como el cemento,
o ponerse colorado
cuando trepa a la azotea
y pasea por el tejado.

¡Vamos, sal de tu escondite!
No tengo toda la tarde...
Si te tiñes de marrón,
tomaremos chocolate.

LA LAGARTIJA

Mira cómo mueve el rabo
la nerviosa lagartija...
Si la pones en tu mano,
¡verás que te hace cosquillas!

Es inquieta y se escabulle,
trepa y sube la pared,
y se queda quietecita
si sabe que alguien la ve.

EL CIEMPIÉS

Ha comprado zapatillas
y también varios botines,
sandalias para el verano
y un lote de calcetines.

Zapatitos de tacón
y también de planta baja
y, para lucir fresquito,
quince chancletas de playa.

Aletas para el buceo
y también unos patines,
bonitas cuñas de esparto
y zancos para un desfile.

Ha puesto patas arriba
toda la tienda el ciempiés.
¡Se los prueba del derecho,
se los prueba del revés!

LOS GUSANOS DE SEDA

No tienen miedo al trabajo,
comen hojas de morera,
tienen su casa en un árbol
y trabajo de hilanderas.

Van hilvanando un vestido
con su boquita de seda.
¡Van preparando la casa
a una mariposa bella!

EL MURCIÉLAGO

Duerme de día,
vive en su cueva.
Cuida de noche
de las estrellas.

Es el murciélago
mi buen amigo.
¡Y, con sus alas,
me hace un abrigo!

LA MARMOTA

Vive duerme que te duerme,
como su primo el lirón.
¡Oye, marmota, despierta,
mira que ha salido el sol!

Nada que ver con el gallo,
que madruga cada día.
¡Ella se queda en la cama
aunque le echen agua fría!

EL ZORRO

Es muy astuto el zorro,
sale buscando a su presa.
Sin saberlo, las gallinas
¡van a ser hoy su merienda!

Cerraremos bien las puertas
y ventanas del corral
para que el zorro se aleje...
¡y no las moleste más!

EL GALLO

Suena mi despertador:
es el gallo del corral.
¡Yo me tapo los oídos,
no me gusta madrugar!

Mira tú si es vanidoso,
mira tú si es presumido,
que prefiere levantarse
a permanecer dormido.

Quiere ser siempre el primero
que reciba a la mañana,
con su plumaje de estreno
y su cresta bien granada.

EL COLORÍN

¿Qué te pasa, colorín?
Ya ha amanecido y no cantas,
y me ha preguntado el Sol:
«¿Qué sucede esta mañana?».

¿Qué te pasa, colorín?
Oigo el mar tras mi ventana,
y me preguntan las olas:
«¿Tendrá enferma su garganta?».

¿Qué te pasa, colorín?
Agita el árbol sus ramas,
y me ha preguntado la flor:
«¿Por qué el colorín se calla?».

¡Ya lo tengo, colorín!
Hoy abriremos tu jaula.
Irás al monte y al mar,
a los ríos y a la playa.

A jugar con los chiquillos
libre yo quiero que vayas
y refresques tus alitas
en la fuente de la plaza.

EL CONEJO

Conejo blanco,
todo de espuma,
serás almohada
sobre mi cuna.

Conejo blanco,
todo algodón,
como el lucero
de mi balcón.

EL CARACOL

Como no llueve, descansa
debajo de un champiñón.
Dentro de su casa duerme...
¡Se ha escondido el caracol!

Pero si el agua cayera
refrescando los caminos,
los sembrados y la hierba,
querría salir conmigo.

Jugaría entre los charcos,
con botas y chubasquero,
a escuchar bajo el paraguas
la carcajada del cielo.

MI GATA PICA

Mi gata se llama Pica,
como la de la baraja,
porque en su pata derecha
la luce bien tatuada.

Mi gata tiene bigotes
y duerme sobre mi alfombra.
Cuando no se echa la siesta,
va detrás de la pelota.

Mi gata tiene en su lomo
un lindo almohadón de seda.
¡Qué suave es su caricia
cada vez que se me acerca!

Mi gata se llama Pica.
Cada día juego con ella…
Por la noche, en el balcón,
juntas contamos estrellas.

EL RATÓN

¡Vaya ratón despistado
que confundió con un queso
a la luna y, cada noche,
le manda miles de besos!

Mira su cara redonda
con ojos de enamorado.
¡Sueña con ser astronauta
para subir a su lado!

LA LECHUZA

Sale de noche,
es la lechuza.
Capa de seda
tejen sus plumas.

Es toda blanca,
muy presumida...
Ojos de queso,
redondos, miran

como botones
de luna llena,
bien escondidos
entre la niebla.

LA TORTUGA

Se encontró cuando nadaba
una burbuja de sal,
pero estaba confundida
y era un plástico en el mar.

¡Trae tus redes, marinero,
súbela pronto a tu barca,
que necesita tu ayuda
para volver a la playa!

EL PEZ ESPADA

Va a la academia de esgrima,
¡es un gran profesional!
Con su espada de mentira,
juega debajo del mar.

Para parecerse al Zorro
y ser héroe en la ciudad,
se disfraza con su capa
y se pone un antifaz.

EL PINGÜINO

Ha estrenado su frac negro
para la cena de gala.
Camina bajo la luna
sobre la alfombra nevada.

Aunque da pequeños pasos,
lleva el ritmo apresurado.
¡Qué banquete les espera!
Cenarán rico pescado.

Van la foca, la beluga,
la ballena y el albatros...
Hoy celebran el invierno.
¡Todos están invitados!

LA FOCA

¡Cómo le gusta a la foca
nadar en el agua helada!
Tiene largos los bigotes,
con sus manos da palmadas.

Vive feliz en el hielo,
cada rato se da un baño
y su piel negra reluce
cuando el sol la va secando.

LA MANTARRAYA

Ella es una manta,
pero no te abriga.
Debajo del agua,
como acero brilla.

Viajaré en su lomo
al cielo contenta.
Y será conmigo
alfombra que vuela.

EL PEZ PAYASO

¡Mira qué bonito pez
con ese traje rayado!
Tiene alegre el corazón,
tiene el alma de payaso.

Quiere montar un circo
que se llame Libertad,
donde no existan las jaulas,
¡solo ganas de bailar!

LA ALMEJA FLAMENCA

Pegadito al espigón,
un par de amigos cangrejos
tienen montado un tablao
de cante y baile flamenco.

Mejillón a la guitarra,
los percebes son palmeros.
El cajón lo toca un pulpo
con destreza y gran salero.

Al escenario, con garbo,
nuestra almeja cantaora,
repicando castañuelas
y con volantes de ola.

Aunque no tiene lunares,
mueve al viento su peineta,
y los peces de la orilla...
¡ríen cuando zapatea!

PECES VOLADORES

He subido a mi barquita
y me he adentrado en el mar.
¿Tú sabes que existen peces
que también pueden volar?

Bajo el agua, muy deprisa,
van tomando gran impulso.
Salen a flote de pronto...
¡Cuidado, no te den susto!

Me salpican sus aletas
al batirse con el viento,
y parecen a su paso
abanicos en el cielo.